CONTES NÉO-CALÉDONIENS

TALAMO

CONTES
NÉO-CALÉDONIENS

Illustrations de Al. LEMAISTRE

PARIS

SOCIÉTÉ FRANÇAISE D'ÉDITIONS D'ART

L.-HENRY MAY

9 ET 11, RUE SAINT-BENOÎT

CHAPITRE I

UN MYSTÉRIEUX CAPITAINE

C'était un beau vieillard que le père Martinot, et, lorsqu'il passait dans les rues de Saint-Ouen, droit comme un i et souriant dans sa barbe blanche, les ménagères le saluaient avec déférence, tandis que les gamins couraient après lui en criant :

« Bonjour, capitaine Martinot. Comment allez-vous, capitaine ? »

D'où lui venait ce surnom de « capitaine » sous lequel on avait fini par le désigner couramment ?

Le brave homme n'avait pourtant rien de l'allure un peu rigide des vieux guerriers : il ne portait jamais de chapeau haut de forme ni de col droit serré par une cravate noire, il n'était point sanglé dans une redingote hermétiquement boutonnée ; enfin, il pratiquait assidûment la pêche à la ligne, ce qui indique des goûts pacifiques, sauf envers le poisson.

La plupart de ceux qui saluaient le père Martinot de l'appellation de capitaine, ignoraient absolument pourquoi ils la lui donnaient, sinon pour faire comme tout le monde, car le vieillard n'était pas prolixe sur le chapitre de ses campagnes, et ses concitoyens ignoraient s'il avait commandé de fringants cavaliers ou de modestes fantassins, s'il était sorti de Saint-Cyr ou du rang, s'il avait combattu les Allemands, les Arabes, les Annamites ou simplement tenu garnison dans les villes de France ou d'outre-mer, attendant son avancement à l'ancienneté, loin des risques de la guerre. Oui, les trois quarts de ceux qui lui disaient avec un grand salut : « Il va faire froid » ou « Il va faire chaud, capitaine », ignoraient ces choses-là et bien d'autres encore ; mais les observateurs, les perspicaces, qui, malheureusement, sont toujours la minorité, avaient cru remarquer dans la démarche du père Martinot certain dandinement significatif ; puis, les mêmes perspicaces avaient noté sa façon de s'habiller : chapeau de paille à larges bords, l'été ; béret de laine, l'hiver ;

vareuse de gros drap bleu de mer en toute saison.

Bleu de mer ! c'était clair, il n'y avait pas à s'y tromper : le père Martinot avait été marin, commandant de navire, naturellement, puisqu'on l'appelait capitaine.

— La preuve que c'est un vieux loup de mer, déclarait Jacques Bonneau, un logicien de treize ans et qui savait comment, dans le langage pittoresque des marins, on désigne un homme ayant passé la plus grande partie de sa vie en tête-à-tête avec l'Océan ; la preuve que c'est un vieux loup de mer, c'est que le capitaine a chez lui une grande bibliothèque qui n'est remplie que de livres de voyages.

Oh ! je l'ai bien vue, allez, un jour que j'étais allé lui rapporter des volumes qu'il avait remis à mon père. (M. Bonneau père était relieur.) Et puis, est-ce qu'il ne va pas toujours se promener au bord de l'eau ? Est-ce qu'il n'aime pas la pêche, le canotage ? Est-ce que tous ses goûts ne sont pas aquatiques ?

Jacques eut un ton de supériorité écrasante en prononçant ce dernier mot, que tous ses jeunes auditeurs ne comprirent pas très bien, mais qui n'en produisit que plus d'effet sur eux.

— C'est évident ! s'écrièrent-ils, il ne

peut être qu'un vieux... Comment dis-tu, Jacques ?

— Loup de mer, c'est-à-dire quelqu'un qui a pendant longtemps voyagé comme marin, entendu souffler le vent dans les voiles et bravé les tempêtes, débita le jeune Bonneau se grisant de sa propre éloquence.

— Oui, la preuve qu'il doit être loup de mer, c'est que tous ses goûts sont... Comment appelles-tu cela ?

— Aquatiques, condescendit encore à expliquer Jacques, c'est-à-dire se rapportant à l'eau. C'est un mot qui vient du latin.

Cette déclaration produisit une profonde impression : le fils Bonneau grandissait de plus en plus aux yeux de ses amis, et comme le pétulant Isidore, âgé de sept ans et demi, s'écriait : « Combien il doit en savoir des histoires de voyage, le capitaine Martinot ! » tous les autres déclarèrent qu'il fallait se rendre en masse (ils étaient bien une demi-douzaine !) auprès du vieillard pour le prier de les leur conter.

Ce fut ainsi que les choses se passèrent : c'est ainsi que, parfois, elles se passent aussi chez ces grands enfants que sont les hommes.

Le père Martinot était chez lui, fumant paisiblement sa pipe, lorsque se présenta la jeune bande. Jacques, si assuré en parlant à ses amis, l'était maintenant beaucoup moins ; cependant, comme on avait les yeux sur lui, il s'avança, tortillant son béret entre ses doigts, et répéta en bredouillant :

— Excusez-nous, capitaine... excusez-nous... je vous demande bien pardon... ce sont eux qui veulent...

Mais il ne pouvait arriver au fait. Isidore, le plus hardi, peut-être parce qu'il était le plus jeune, s'écria :

— Capitaine Martinot, nous venons vous demander de nous raconter vos voyages, « s'il vous plaît ».

Le brave homme sourit mélancoliquement et répondit :

— Mon histoire vous intéresserait peut-être moins que vous ne le croyez. Cependant, je puis vous entretenir de pays bien lointains, vous dire quelles sont les mœurs de leurs habitants, les récits qu'ils se content le soir aux veillées. De quelle contrée voulez-vous que je vous parle aujourd'hui ?

— De la Nouvelle-Calédonie, je vous prie, capitaine, fit Jacques qui avait recouvré la voix.

— Tu as raison, approuva le vieillard, c'est une île qui appartient à la France : il est juste que les Français la connaissent.

— Et puis mon cousin Bidoux, qui est

dans l'infanterie de marine, va y partir pro-chainement.

— Alors, asseyez-vous et écoutez-moi.

Les enfants s'empressèrent d'obéir et le père Martinot commença ainsi :

CHAPITRE II

COMMENT UN AMIRAL FRANÇAIS PRIT POSSESSION DE L'ÎLE DES PINS

Tout d'abord, mes amis, sachez que la Nouvelle-Calédonie est une île longue et étroite, d'environ quatre-vingt-dix lieues sur treize, située dans cette partie du monde la plus récemment découverte et explorée, l'Océanie.

Il y fait très chaud et, par suite de la position qu'elle occupe sur le globe, ce que nous appelons ici l'hiver y est inconnu : jamais il ne neige ou ne gèle dans ce pays, ce qui permettait à ses habitants — je ne parle point des Européens qui sont venus s'y fixer — de ne pas se ruiner en frais de tailleur.

Ce fut le capitaine Cook, un grand navigateur anglais, qui découvrit l'île, le 4 septembre 1774, et lui donna le nom de Nouvelle-Calédonie, parce que ses montagnes lui rappelaient celles de l'Ecosse, appelée autrefois Calédonie. Ses habitants vivaient sous l'autorité absolue de chefs et divisés en tribus qui n'avaient pas toutes la même langue et se faisaient constamment la guerre. Ils étaient anthropophages...

— Pardon, capitaine, interrompit Paul, qu'est-ce que cela veut dire ?

— Anthropophage désigne celui qui mange de la chair humaine, tout comme une bête féroce ; une vilaine habitude que je vous conseille de ne jamais prendre.

Pendant longtemps, l'île demeura abandonnée à ses sauvages habitants. Enfin, le 24 septembre 1853, l'amiral Février-Despointes en prit possession au nom de la France et fit hisser le drapeau tricolore à Balade.

Or, il faut vous dire que les Anglais, qui sont surtout un peuple de navigateurs et de commerçants, avaient, eux aussi, jeté les yeux sur la Nouvelle-Calédonie pour s'en emparer, comme ils avaient fait de cette autre contrée bien plus vaste, la Nouvelle-Hollande, qu'on appelle aujourd'hui l'Australie. Aussi, pendant que l'amiral Février-Despointes se trouvait encore devant Balade, à bord de la corvette le *Catinat*, un commodore ou capitaine de vaisseau anglais avait-il jeté l'ancre à l'île des Pins, à une douzaine de lieues au sud de la Nouvelle-Calédonie.

Le vieux chef de cette île s'appelait Van-

Le capitaine Cook.

dégou ; tout en ne sachant pas plus lire et écrire que ses sujets, il était rempli de malice. Il comprenait bien que Français et Anglais, quoique blancs les uns et les autres, étaient deux peuples différents qui se disputaient la possession de l'île. Or, toutes ses sympathies étaient pour les Français ; seulement, il n'osait trop les manifester, d'abord parce que le commodore était là avec les marins, son navire et ses canons qui lui semblaient recéler le tonnerre, puis parce que cet officier supérieur le comblait de cadeaux, dans l'espoir que le vieux chef finirait par hisser auprès de sa case le pavillon anglais qu'il lui avait remis. En agissant ainsi, Vandégou se serait reconnu, ainsi que tous les habitants de l'île, sujet de la reine d'Angleterre.

Ce que le commodore ignorait, c'est que le chef de l'île des Pins était, grâce à l'intermédiaire de quelques Français déjà établis dans le pays, en communication avec l'amiral Février-Despointes, en ce moment à Balade.

— Il y avait donc le télégraphe? demanda sérieusement le jeune Paul, qui brûlait de s'instruire.

— Non, mon ami. Le télégraphe ne fut installé en Nouvelle-Calédonie que vingt ans plus tard. Mais il y avait à la place de grandes pirogues à voiles, faites d'arbres abattus et creusés au feu. Les Canaques, car il faut vous dire que tel est le nom donné à la plupart des indigènes d'Océanie, conduisent très habilement ces embarcations; aussi, grâce à ses pirogues, Vandégou avait-il pu avertir l'amiral de la situation. Celui-ci lui avait fait répondre en l'exhortant à ne rien craindre et en lui envoyant, en outre, un pavillon tricolore que le chef devrait hisser dès qu'il apercevrait le navire français.

En conséquence, tout en feignant de se laisser convaincre par le langage du commodore qui lui déclarait que, s'il devenait sujet anglais, il aurait tous les jours du rhum et du tabac à discrétion, Vandégou avait ordonné à un de ses guerriers, dont la vue était très perçante, de se tenir en vigie au sommet du pic Nga pour lui signaler l'arrivée du navire français.

Le pic Nga est un cône brûlé du soleil et parsemé sur ses flancs escarpés d'arbustes rabougris. De la hauteur environ de la tour Eiffel, il domine tout le pays : la vue est belle, mais jugez si on s'y trouve à l'aise. manquant à la fois d'eau pour se désaltérer et d'ombrage pour s'abriter.

Le Canaque, obéissant à l'ordre de son chef, n'y resta pas moins huit jours en vedette, bâillant à se désarticuler la mâchoire et sentant sa peau couleur bronze clair passer au noir complet sous les rayons torrides du soleil. Très heureusement, il avait emporté une provision de noix de coco, dont le liquide aigrelet lui servait à se désaltérer, et une dizaine d'ignames, tubercules farineux ressemblant pour le goût à la pomme de terre, mais d'une forme et d'un poids bien différents, car il en est qui atteignent une longueur d'un mètre.

Il y a une bonne distance entre Balade, qui est au nord de la Nouvelle-Calédonie, et l'île des Pins, qui fait face à la côte sud : quelque chose comme quatre-vingt-dix à cent lieues de mer ; cependant, le guetteur finit par voir apparaître un point blanc sur l'immense surface bleue qui s'étendait tout autour de lui et où se confondaient l'azur du ciel et celui de la mer.

C'était la corvette française.

Avec un empressement qu'augmentait le contentement d'en avoir fini avec sa faction monotone et pénible, le Canaque dégringola les pentes du pic Nga pour aller avertir son chef. Celui-ci se frotta les mains, et comme le commodore, ne soupçonnant rien, insistait, une fois de plus, pour que Vandégou arborât au-dessus de sa case le pavillon anglais, le vieux malin lui dit avec un large sourire :

— Eh bien, tu seras content : demain je ferai hisser mon drapeau, mais demain seulement.

Le commodore se garda bien d'insister, de peur, s'il importunait le chef, de l'amener à changer d'avis. Il retourna à son bord, on ne peut plus enchanté, et, dans sa joie, envoya même au chef un beau collier de perles rouges et bleues, parure dont tous les sauvages se montrent fort amateurs.

Le commodore se brûle la cervelle (page 20).

Vandégou, j'en rougis pour lui, eut l'in-délicatesse de l'accepter.

Le lendemain, dès les premières lueurs de l'aube, le commodore se leva et monta sur le pont. Il jeta aussitôt un regard vers le rivage où, parmi le vert fouillis des coco-tiers, des bananiers et des papayers, s'éle-vaient, semblables à de grandes ruches, les cases en paille des Canaques.

Un cri de colère s'échappa de sa gorge.

Vandégou avait bien tenu parole : au-dessus de sa demeure, plus haute que les autres, comme il convient à celle d'un grand chef, et ornée de trois immenses coquillages aux formes bizarres, un drapeau gonflait fièrement ses plis au souffle de la brise.

Seulement, c'était le drapeau français !

En même temps, le *Catinat*, doublant une pointe de terre qui l'avait tenu masqué aux yeux de la vigie anglaise, jetait l'ancre et saluait le pavillon national de vingt et un coups de canon.

C'en était trop ! Pendant que l'amiral Février-Despointes descendait sur le ri-vage, en grand uniforme, le commodore furieux donnait l'ordre d'appareiller et, une fois en pleine mer, dans son désespoir d'avoir été joué par un plus fin que lui, il se brûlait la cervelle.

Ce dénouement tragique est assurément

des plus regrettables : toutefois, il montre qu'à vouloir ruser avec un autre on rencontre parfois son maître, même si cet autre a la peau couleur chocolat et ne porte pas de chemise.

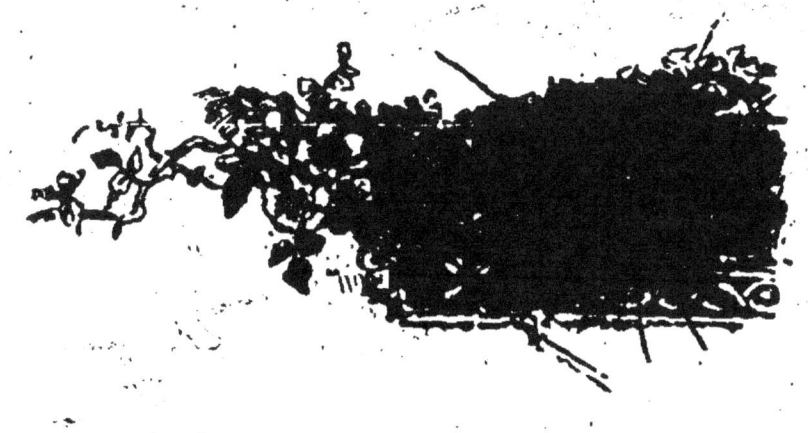

CHAPITRE III

HISTOIRE DU CHEF DAMÉ

On pense bien que, le lendemain, tous les auditeurs du père Martinot étaient à leur poste. Sans se faire prier, le conteur commença aussitôt, non sans prévenir ses jeunes amis qu'il ne s'agissait plus d'une fable œuvre de quelque La Fontaine canaque, mais bien d'une histoire de tous points authentique.

— Sachez, leur dit-il, que bien des années avant la prise de possession du pays par les Français, Nouméa, qui devait, un jour, devenir le chef-lieu de la colonie, était habité par une tribu des plus guerrières, soumise à l'autorité d'un grand chef nommé Damé.

Ce dernier était très brave et très habile.

mais aussi extrêmement féroce. La chair humaine lui plaisait beaucoup plus que le poisson, les noix de coco et les ignames; aussi faisait-il constamment la guerre à ses voisins afin de pouvoir satisfaire ses goûts, que partageaient d'ailleurs tous ses guerriers.

Comme il n'est pas agréable pour un homme bien portant, qu'il soit canaque ou européen, de passer à l'état de rôti, les tribus attaquées résistaient de leur mieux et avaient réduit de beaucoup le nombre de leurs persécuteurs. Un jour, enfin, elles se coalisèrent contre ceux-ci, et pendant qu'ils célébraient une de ces grandes fêtes accompagnées de festins et de danses, que les indigènes appellent *piloux-piloux*, elles les surprirent, en firent un grand massacre et brûlèrent leurs habitations, ainsi que toutes les récoltes.

Dans l'air, empli de hurlements de guerre, les sagaies volaient. Ces armes sont de longues et minces lances en bois, effilées aux deux extrémités, que le Canaque brandit par le milieu et envoie à une assez grande distance frapper l'ennemi ou le but qu'il vise. Aujourd'hui, beaucoup sont terminées par une pointe ou même par un trident de fer, notamment celles qui servent à harponner le poisson; mais comme, à cette époque, les

métaux n'étaient pas encore connus des indigènes néo-calédoniens, ils se contentaient
de durcir au feu le bout de leurs sagaies
ou d'y fixer un fragment de pierre long et
aiguisé. La pierre leur servait encore,
comme, il y a bien longtemps, aux peuples
primitifs de l'Europe, pour leurs haches,
leurs frondes et leurs outils de construction.

Le casse-tête, manié par ceux qui com-
battaient corps à corps, brisait les crânes.
Les Canaques donnent à quelques-unes de
ces armes la forme d'un gros bâton, un peu
gonflé et arrondi à l'une de ses extrémités ;
à d'autres, celle d'un bec d'oiseau surmon-
tant une poignée assez longue ; d'autres enfin, taillés dans le *gayac*, ont conservé toutes les branches minces et zigzagantes de
cet arbre et semblent projeter de tous côtés
autant de rayons. Quelle que soit la forme
donnée au casse-tête, je vous prie de croire
que, dans la mêlée, c'est une arme des plus
redoutables.

Je ne chercherai pas à vous décrire plus
amplement un combat canaque, car si la
guerre, juste et nécessaire quelquefois, est
toujours hideuse, c'est surtout lorsque les
combattants, semblables non plus à des
hommes, mais à des bêtes fauves, n'épar-
gnent ni les blessés, ni les vieillards, ni les
enfants et ne font parfois grâce aux femmes

que pour s'en servir comme d'esclaves.

Damé tenta de résister, mais ses ennemis étaient trop nombreux. Alors, jugeant d'un coup d'œil la situation, il rassembla autour de lui les débris de sa tribu, prit sur son dos son vieux père Sésaghi, et, cachés par la fumée de l'incendie, ils disparurent tous rapidement dans les montagnes.

La région de Nouméa, qui s'étend au sud de l'île, est escarpée et aride. Sur ces hauteurs où à peine quelques maigres arbustes poussent dans le sol rougeâtre, les fugitifs ne trouvaient pour apaiser leur faim que de rares fruits sauvages.

Il était impossible de songer à s'établir dans un pareil pays : d'ailleurs Ouatone, chef de la tribu des Kambouas, la plus acharnée contre Damé, aurait bien vite découvert leur retraite.

Alors le vieux Sésagni conseilla à son fils de descendre sur l'autre versant des montagnes, celui qui regarde la mer au sud-est, et de demander asile pour lui et tous les siens au grand chef Kaaté, de la tribu des Touaourous.

— Ta mère Kaâmen, lui dit-il, appartenait à cette tribu, à laquelle nous n'avons jamais fait la guerre. Je suis sûr que Kaaté ne nous refusera pas l'hospitalité : c'est d'ailleurs la seule chance de salut qui nous reste.

Damé, selon l'usage, avait succédé comme chef à son père parce que celui-ci était trop âgé pour s'occuper des affaires de la tribu, mais il écoutait toujours ses avis avec déférence. Celui-là était d'ailleurs le meilleur qu'on pût donner: en conséquence, tous se dirigèrent vers le pays des Touaourous.

Ils marchèrent longtemps, car il fallait dissimuler toute trace de leur passage, afin de dépister la poursuite d'Ouatone. Ce ne fut que le troisième jour que, descendant le cours d'une rivière encaissée entre de hautes roches, ils distinguèrent au soleil levant l'immensité bleue de la mer se brisant au loin sur des récifs de corail, et, à leurs pieds, une vaste forêt de cocotiers, de laquelle émergeaient quelques cases.

Alors Sésagni, qui autrefois avait beaucoup voyagé, dit à son fils :

— Je ne me trompe pas : ce village est Yaté, c'est là que doit résider le grand chef des Touaourous. Maintenant que nous voici arrivés sur son territoire, envoie-lui un messager pour lui annoncer notre arrivée et lui demander de nous recevoir.

Le chef des Nouméas choisit alors parmi tous ses guerriers — il lui en restait au plus une quarantaine — le plus expérimenté et le plus habile. Il lui donna ses instructions et lui remit pour Kaâté deux feuilles de cocotier entrelacées, en signe de paix.

Damé possédait autrefois dans sa case bien des objets qui, pour le Canaque de cette époque, étaient autant de trésors : des *ouatchitchis*, petits coquillages blancs et rosés, estimés comme de véritables bijoux à cause de leur rareté, des flûtes de bambou ornées de dessins, des peignes en écaille de tortue, de ces peignes hauts et carrés, aux larges dents, dont le Néo-Calédonien surmonte comme d'une parure sa chevelure crépue. Damé possédait aussi des nattes d'un travail très fin, des colliers d'une monnaie particulière aux indigènes, faite de bouts de certains coquillages, enfilés comme des perles et se comptant à la longueur, des masques de guerre, accoutrements terribles, faits d'une robe de plumes noires et d'un masque en bois, grimaçant, épouvantable, que l'on portait dans certaines solennités. La serpentine, belle pierre verdâtre et transparente, dont on faisait des haches, ne lui manquait pas non plus, ni le *poum-bouhé*, poil de la roussette ou chauve-souris néocalédonienne, très apprécié pour faire des ceintures, des colliers et entourer le bois des armes qui devenaient ainsi des armes de luxe.

Vous voyez que le grand chef dont je vous

raconte l'histoire véridique était, avant ses malheurs, un homme bien fortuné. Mais en ce moment, il ne lui restait plus pour toute richesse que ses cordons de poum-bouhé garnis de coquillages, entourant son cou, ses reins et ses genoux, plus sa sagaie et son casse-tête qu'il ne quittait presque jamais.

Comme les cadeaux disposent en général favorablement ceux qui les reçoivent, Damé détacha son collier de poum-bouhé et le remit au messager pour l'offrir à Kaâté en même temps que les feuilles de cocotier. Le guerrier partit en hâte, laissant son chef et ses compagnons attendre anxieusement son retour.

Or, pendant qu'ils étaient étendus dans les hautes herbes, guettant du côté où le messager était parti pour voir s'il leur viendrait par là des amis agitant des feuilles vertes en signe de paix ou des ennemis brandissant leurs armes, une jeune fille, portant sur sa tête un panier rempli d'ignames, vint à passer sans les voir.

Elle paraissait légère et fort gracieuse ; son teint n'était pas brun foncé, mais au contraire rouge-cuivre très clair ; ses cheveux, au lieu d'être crépus, flottaient lisses et épais sur ses épaules. Bref, elle était très belle.

Mais sa beauté ne fut pas ce que les Nouméas admirèrent le plus. Depuis trois jours, ils erraient affamés dans les montagnes, se nourrissant à peine de racines sauvages. Aussi la vue de la jeune fille réveilla-t-elle tous leurs intincts de cannibales. Pensez quel bon morceau de rôti à se mettre sous la dent ! Les ignames qu'elle portait dans son panier eussent pu continuer à lui tenir compagnie, comme les pommes de terre autour d'un fricot.

C'est ce que pensaient les guerriers nouméas en jetant sur la pauvre enfant des regards avides, des regards luisants de faim.

Un guerrier nouméa, nommé Bondou, s'approcha de Damé et lui dit à voix basse :

— Maître, nous avons faim et vous voyez cette jeune fille ! Si vous voulez, je m'approcherai d'elle sans bruit, en rampant dans les herbes, et, d'un coup de mon casse-tête sur le crâne, je l'étendrai morte. Alors nous pourrons manger sa chair.

Damé était un terrible anthropophage ; cependant il repoussa rudement le guerrier en lui disant avec colère :

— Bondou, je ne sais ce qui me retient de te fendre le crâne à toi-même ! Comment, nous venons en fugitifs demander l'hospitalité à la tribu des Touaourous, et nous commencerions par tuer une de leurs fem-

Elle paraissait légère et fort gracieuse (page 27).

mes ! Va-t'en, ou je ne réponds pas de ta vie.

Le guerrier connaissait son chef: il se retira tout tremblant et en se courbant. Heureusement pour lui, il ne restait à Damé qu'un très petit nombre de guerriers et il devait, par conséquent, se montrer économe de leurs vies: autrement Bondou eût couru de grands risques.

Cependant Damé savait bien que ses hommes avaient faim et que la faim est terrible conseillère. Aussi jugea-t-il bon de se lever des hautes herbes qui le cachaient à la vue de la jeune fille et de s'avancer de quelques pas. Dès qu'elle le vit, elle fut saisie d'un tremblement, car pour les tribus toujours en guerre, tout étranger est généralement un ennemi. Elle voulut se cacher derrière les broussailles, mais Damé lui cria.

— Jeune fille, ne crains rien. Retourne à ta tribu et dis à tous que tu as vu Damé, grand chef des Nouméas, qui vient avec ses guerriers voir les Touaourous en ami. N'est-ce pas, vous autres ?

Et tous les Nouméas se le vant poussèrent un grand cri de: « Oui ! » comme c'est l'usage des Canaques lorsque leurs chefs ont parlé.

La jeune fille rassurée s'en alla sans répondre, car, en ce temps-là, tout chef indigène était encore un trop haut personnage pour qu'une femme autre que la sienne osât lui adresser la parole. Elle descendit rapidement vers Yaté et, prenant des sentiers de traverse, y arriva avant même le messager de Damé. Elle alla aussitôt prévenir Ataya, femme de Kaâté, et celle-ci se hâta d'avertir son mari. Le grand chef ne fut donc pas surpris lorsque ses guerriers lui amenèrent le Nouméa qui demandait à lui parler.

Parmi les peuples les plus sauvages, beaucoup ont une vertu que ne possèdent pas toujours les civilisés : l'hospitalité. Kaâté était aussi guerrier que tout autre chef ; il se considérait comme le maître absolu de ses sujets et ne connaissait d'autre constitution que son lourd casse-tête à bec d'oiseau. Mais il lui suffit que Damé malheureux vînt lui demander asile pour qu'il accédât à sa requête.

Lui-même, suivi d'une escorte de guerriers touaourous, se rendit auprès des arrivants. Il tendit cordialement les mains à Damé et à son vieux père, les emmena, ainsi que tous les Nouméas, dans le village d'Yaté et ordonna aux femmes de la tribu de leur apporter des provisions en abondance.

Puis, comme il possédait entre les rivières d'Yaté et d'Ounia une belle plaine baignée par la mer et qui ne demandait qu'à être défrichée, il en abandonna généreusement une grande partie à Damé pour que celui-ci pût y fonder une nouvelle tribu.

Le grand chef des Nouméas n'oubliait ni un service ni une injure. Toute sa vie, il se rappela ce que Kaâté avait fait pour lui et il demeura son fidèle ami.

Bien des lunes, ou, si vous aimez mieux, des mois — car c'est ainsi que la plupart des sauvages comptent le temps, — s'étaient écoulées depuis l'installation des Nouméas à Naouaran, nom que portait leur nouveau pays. Damé, il faut lui rendre cette justice, n'était pas seulement un redoutable guerrier : il s'entendait fort bien à conduire les affaires de sa tribu. Il est certainement regrettable qu'un pareil homme n'ait jamais connu la lecture, l'écriture, les quatre règles et ait surtout aimé son prochain à l'état de bifteck. Enfin ! on n'est pas parfait.

Grâce à son activité, des cases nombreuses avaient été construites ; des cultures s'étendaient de toutes parts ; la plupart des guerriers nouméas s'étaient unis à des femmes touaourouces, tandis que d'autres, échappés à la fureur d'Ouatone, arrivaient incessamment retrouver leurs frères. Parmi eux se trouvait Capéia, fils de Damé, que son père avait cru mort. Bref, la puissance de l'intrépide chef commençait à se rétablir, et plus d'une fois ses anciens ennemis, les

Kambouas, ayant franchi les montagnes pour l'attaquer, avaient été victimes de leurs agressions.

Le vieux Sésagni était mort : on avait célébré ses funérailles très pompeusement : il y avait eu beaucoup de discours retraçant ses hauts faits, de grands repas mortuaires et un pilou-pilou terminé par le simulacre d'un combat.

Il arriva enfin que deux tribus, celle des Tyas et celle des Dodgis, établies de chaque côté de Naouaran, s'effrayèrent de la force que reprenaient leurs voisins. Bien que ceux-ci ne leur eussent jamais donné le moindre sujet de plainte, les chefs de ces deux tribus décidèrent qu'il était prudent pour eux de se défaire par surprise des Nouméas. Un vieux chef dodgi, du nom de Docou, fut seul à combattre ce projet ; mais on ne voulut pas l'écouter.

Par une belle après-midi, Damé, travaillant à son champ, vit passer devant sa case une foule de guerriers tyas.

— Où donc allez-vous si nombreux ? leur cria-t-il.

— Nous allons, répondit le plus âgé, aider les Dodgis dans leurs travaux de culture. La lune passée, ils sont venus nous assister.

Comme c'est encore la coutume dans certaines de nos contrées entre habitants de

Un pilou-pilou. (page 34).

villages voisins, principalement au moment
des vendanges et des moissons, les Canaques de tribus amies allaient en masse s'aider les uns les autres à défricher, semer,
récolter, creuser des canots et construire
des pirogues.

Rien ne devait être plus agréable que ce
travail fait en commun, animé par des chants
et où tous se piquaient d'émulation.

La réponse du Tya parut donc toute natu-
relle à Damé, qui cria aux autres : « Bon
voyage ! » et reprit sa tâche.

Cependant la nuit arrive, nuit noire,
car, depuis deux jours, la lune a déserté
le ciel. Après les fatigues de la journée
et un repas d'ignames cuites sous la cendre
ou bouillies, Damé et ses sujets sont allés
s'étendre sur la natte qui constitue toute la
literie du Canaque. Tout dort ou semble
dormir.

Soudain, un murmure étrange se répand
du lointain et une sorte de clameur étouffée
arrive par moments jusqu'à la case de Damé.
Le bruit se rapproche, mais il n'est pas encore assez fort pour réveiller ceux qui som-
meillent.

Tout à coup, les larges feuilles d'un fourré
de bananiers s'écartent et livrent passage à
un homme qui se précipite vers la case de
Damé, écarte l'étoffe d'écorce qui en cache

mais n'en ferme pas l'entrée, et s'approche du chef endormi.

— Maître ! lui crie-t-il, levez-vous : les Dodgis nous frappent. Unis aux Tyas, ils se sont rués sur nos villages : déjà près de la moitié de vos guerriers sont massacrés.

Damé, tout à fait réveillé, bondit en poussant un rugissement épouvantable. Il saisit son fidèle casse-tête et sa sagaie, puis, s'élançant hors de sa case, il réveille à grands cris les siens endormis. Son fils Capéia est le premier à le rejoindre. A leur tête, le chef, que le malheur et la trahison semblent poursuivre, s'avance vers le rivage pour tâcher de discerner le lieu où se trouvent ses ennemis et leur nombre.

Un spectacle terrible frappe ses regards.

Sur une étendue immense, toutes les cases de ses villages sont en feu. Au couchant, le ciel est tout rouge : à la lueur de l'incendie, Damé aperçoit une foule de Tyas et de Dodgis poursuivant les Nouméas échappés aux flammes.

D'un coup d'œil, le chef juge la situation. Il a devant lui plus de cinq cents ennemis exaltés par le succès et le carnage et, autour de lui, il n'a pas cinquante guerriers.

— Combattons quand même, conseille bravement Capéia.

— Non, lui répond son père avec autorité ;

lutter dans ces conditions ne serait pas courage, mais folie. Fuyons : ce ne sera pas pour longtemps.

Et la petite troupe, grossie de femmes et de vieillards, suit en toute hâte son chef vers les montagnes de Coronourou, couvertes d'épaisses forêts, où il ne sera pas facile aux massacreurs de les rejoindre et où, en tout cas, ils ne pourront profiter de la supériorité de leur nombre. En même temps, Damé expédie à toute vitesse un messager auprès de Kaâté pour l'informer de l'agression perfide dont sa malheureuse tribu a été victime et le prier de venir à son secours. Le guerrier disparaît en courant au milieu des ténèbres, brandissant sa longue sagaie armée de trois énormes arêtes de poisson.

Lorsque, quelques minutes plus tard, les Dodgis et les Tyas arrivèrent à la case de Damé, ils la trouvèrent vide, ainsi que les demeures voisines. Grand fut leur désappointement, et le vieux Docou, qui ne les avait suivis qu'à contre-cœur, leur dit avec amertume :

— Vous avez voulu frapper un chef qui ne vous avait jamais causé le moindre tort. Maintenant, il vous a échappé et vous savez quel terrible guerrier il est : vous vous êtes fait un ennemi mortel qui ne vous pardonnera jamais et bien du sang coulera encore.

Mais les autres ne l'écoutèrent pas ; d'ailleurs ils en avaient trop fait pour reculer. Toutefois, comme les ténèbres les empêchaient de se rendre compte de la direction prise par les fugitifs, ils remirent la poursuite au matin. Conformément à leurs habitudes d'anthropophages, ils allumèrent un grand feu...

— Pardon, capitaine, interrompit Isidore, les sauvages avaient-ils des allumettes.

— Non, répondit en souriant le père Martinot, l'allumette à cette époque n'existait même pas chez nous, qui la remplacions par le briquet. Quant aux Canaques, comme tous les peuples primitifs, ils obtenaient du feu en frottant rapidement et assez longtemps l'une contre l'autre deux branches bien sèches. Le bois, en s'échauffant, finissait par produire des étincelles qui, tombant sur des herbes placées au dessous, les enflammaient.

C'était à la vérité bien long et bien incommode : aussi les Canaques se donnaient-ils beaucoup de peine pour entretenir leur feu et souvent pendant plusieurs jours. Parfois, ils embrasaient un gros niaouli, arbre dont le bois très dur est recouvert de plusieurs couches d'une écorce semblable à une peau. L'arbre ne mettait guère moins d'une semaine à se consumer lentement et tout indigène en passant pouvait y aller chercher du feu.

Les Tyas et les Dodgis allumèrent donc un grand feu et commencèrent à réunir les cadavres des Nouméas pour les dépecer et les faire cuire dans des trous creusés en terre et chauffés avec des pierres rougies à la flamme des brasiers. Tout en s'occupant de ces préparatifs, ils chantaient pour célébrer leur victoire, bien peu glorieuse cependant.

Seul, Docou demeurait silencieux et inquiet. Il faut vous dire que, même au milieu de ces affreuses coutumes d'anthropophagie, il était quelques hommes qui s'abstenaient de toucher à la chair de leurs semblables. Docou était de ceux-là.

Cependant, le messager envoyé par Damé était arrivé hors d'haleine à la case de Kaâté et, réveillant celui-ci, lui avait appris la terrible nouvelle. Le grand chef touaourou, saisi d'indignation et de colère, avait aussitôt appelé à grands cris ses guerriers : en un instant, deux cents hommes armés étaient réunis autour de lui.

Kaâté leur adressa alors ces paroles qui méritent d'être citées, car elles montrent que même les peuples les plus arriérés et réputés les plus féroces ne sont pas étrangers à tout sentiment de justice :

— Le temps presse : on égorge nos amis.

Nous sommes assez nombreux comme cela ; d'ailleurs, nous ne pouvons être vaincus, puisque nous avons le bon droit pour nous.

C'est une grande force, croyez-le, mes amis, d'avoir confiance dans le triomphe du droit. Quand vous apprendrez l'histoire, vous verrez qu'à maintes époques des petits peuples, attaqués par des ennemis puissants, ont été victorieux parce que leur cause leur paraissait trop juste pour être vaincue.

Les Touaourous étaient de l'avis de leur chef et tous se précipitèrent comme un ouragan vers Coronourou. Aux premières lueurs du jour qui, dans ces pays, point et tombe presque sans crépuscule, Damé, caché avec les siens dans la forêt, aperçut ceux qui volaient à son secours. Il lança alors un terrible cri de guerre, que le vent porta jusqu'aux ennemis et qui guida vers lui les Touaourous.

— Damé, lui dit alors Kaâté, sois notre chef de combat, car c'est à toi de te venger des traîtres.

— J'accepte, répondit le chef des Nouméas. Et, s'adressant à tous : Guerriers, leur cria-t-il, on nous a frappés par surprise et de nuit : nous frapperons en face et de jour.

Une grande acclamation lui répondit.

Cependant, les Tyas et les Dodgis avaient

creusé et chauffé les trous destinés à servir
de fours : ils se préparaient à y descendre
les corps de leurs victimes, enveloppés dans
de larges feuilles de bananier, lorsque l'é-
cho leur apporta le cri de guerre des Touaourous et des Nouméas. Laissant là les préparatifs de leur festin, ils saisirent leurs
armes et coururent à la rencontre des arrivants.

Une rivière large et profonde séparait les
combattants. Sous une volée de sagaies,
Damé, le premier, se jette à la nage, suivi
aussitôt de Kaâté et de Capéia. Cet exemple
entraîne tous les autres. « Venez ! leur
criaient les Tyas et les Dodgis confiants
dans leur nombre, nous allons vous manger
comme vos frères qui sont étendus là-bas. »
« En avant ! clamaient Touaourous et Nouméas. Pouvons-nous être vaincus ? Nous
avons le bon droit pour nous ! Guerre !
Mort ! »

Le choc fut terrible, mais il ne dura pas
très longtemps : la colère et la confiance en
leur triomphe décuplaient les forces des
Nouméas et des Touaourous. Damé, en par-
ticulier, fit de tels prodiges de valeur que,
bientôt, ses ennemis, enfoncés, s'enfuirent
en désordre.

Les vainqueurs dégagèrent alors de leurs
enveloppes de feuilles les corps de leurs

frères et, selon leur usage, les exposèrent sur des rochers et des arbres où, lorsque le temps et le bec des oiseaux de proie ont fait leur œuvre, on va chercher les ossements pour les déposer dans des grottes entourées d'un épais feuillage qui les dérobe à la vue des étrangers.

Quant aux fours que les traîtres avaient creusés pour y faire cuire les Nouméas, ils servirent à ceux des Tyas et des Dodgis tombés dans le combat.

Il était déjà tard lorsque ce festin obligatoire fut achevé et les guerriers pressaient Damé de les conduire de nouveau au combat pour achever d'exterminer leurs ennemis ; mais le chef nouméa leur rappela ses paroles de la matinée : « Nous les frapperons en face et de jour ».

Et le lendemain, en effet, il y eut une mêlée sanglante : les Tyas et les Dodgis, à leur tour, défendaient le sol paternel, leurs cases, leurs récoltes, la vie de leurs vieillards et de leurs enfants, la liberté de leurs femmes, menacées de devenir les esclaves du vainqueur. Mais tout fut inutile contre l'élan furieux de leurs ennemis.

A peine les survivants des deux tribus, réduits au plus à deux cents, purent-ils se jeter en hâte dans leurs pirogues qui, portées par le vent, conduisirent les Dodgis à l'île Ouen et les Tyos à l'île des Pins.

Damé avait perdu un grand nombre de ses guerriers, mais il était devenu maître du vaste territoire des vaincus, que son allié Kaâté lui abandonna généreusement tout entier. Les deux chefs vécurent de longues années et demeurèrent toujours amis.

CHAPITRE IV

LE RETOUR DES TRAÎTRES

Le lendemain, tous les enfants étaient auprès de leur vieil ami qu'ils trouvèrent d'humeur encore plus gaie que d'habitude, car il avait arraché avec son hameçon une foule d'innocents goujons à leurs familles éplorées.

— Capitaine Martinot, lui demanda Jacques, l'histoire de Damé n'était pas finie?

— C'est vraisemblable, car ce chef n'est mort qu'à un âge très avancé et après la prise de possession de la Nouvelle-Calédonie par les Français.

Je vous ai raconté la destruction de sa tribu par les Kambouas, sa fuite à Yaté avec son vieux père et quelques guerriers, son établissement à Naouaran et les nouvelles épreuves dont il sortit victorieux. De pareilles aventures arrivèrent, il y a à peu près trois mille ans, à un chef d'Asie, nommé Énée, qui, plus heureux que Damé, trouva, bien des siècles après sa mort, un grand poète pour célébrer sa mémoire. Plus tard, si vous lisez l'*Énéide* de Virgile, vous y trouverez des analogies frappantes avec l'histoire de Damé.

— Et les Tyas, les Dodgis, que sont-ils devenus ? insista Jacques, qui tenait à être complètement renseigné.

— Ceci, fit le père Martinot, est une autre histoire. Écoutez-la donc.

Je vous ai dit que les perfides qui avaient comploté le massacre de Damé et de ses guerriers, étant vaincus dans deux combats, avaient dû se sauver dans leurs pirogues.

Les plus nombreux étaient les Dodgis qui, poussés par un vent favorable, abordèrent à l'île Ouen, qui fait face à la côte méridionale de la Nouvelle-Calédonie, dont elle n'est éloignée que par un mince bras de mer.

Fugitifs à leur tour, les Dodgis ressentirent plus que les Nouméas, combien l'exil est amer. Le pays qu'ils avaient quitté était beaucoup plus fertile que celui où, maintenant, ils se trouvaient obligés de vivre. Là-bas, des bandes de cagous, oiseaux coureurs de la grosseur d'une poule, montés sur des jambes longues et minces, se promenaient dans les forêts ; les ruisseaux étaient peuplés de grosses chevrettes et les rivières de toute sorte de poissons ; les pommiers tyas offraient leurs fruits roses, fondant sous la dent comme une mousse légère et remplis d'une eau odorante ; les bananiers verts aux larges feuilles ployaient sous le poids de leurs *régimes* ou grappes ; les cocotiers non plus ne manquaient pas ; dans les sillons des collines poussaient

Cocotiers.

l'igname et le taro. Bref, la vie était facile et agréable.

A l'île Ouen, au contraire, le sol aride et rocheux était couvert de broussailles : il fallait le défricher péniblement bien avant

de penser pouvoir en obtenir quoi que ce
fût. Les exilés n'avaient guère, pour sub-
sister, d'autre ressource que la pêche : aussi
étaient-ils bien malheureux et les maladies
qu'engendre la famine commençaient-elles
à diminuer leur nombre.

Le vieux Docou, qui avait fait tous ses
efforts pour détourner ses frères de leur trahison, ne cessait de soupirer après ses enfants, restés vivants dans sa tribu et sans
doute au pouvoir des vainqueurs. Qui sait si
ceux-ci ne les avaient tués et mangés pour
leur faire expier le crime de leur père d'être
dodgi ! Cependant, il trouvait encore la force
de consoler ses compagnons et de leur donner des conseils.

Bien des lunes s'étaient succédé depuis
l'arrivée des Dodgis, et leur situation allait
toujours en empirant. Aussi résolurent-ils,
à la fin, de demander pardon à Damé et de
le supplier de les laisser retourner dans leur
pays.

Seul encore, Docou combattit cette pro-
position.

— Malheureux ! dit-il, vous êtes donc devenus fous pour vous imaginer que Damé
pourra jamais vous pardonner votre per-
fidie ? Vous ignorez donc quel homme il
est !

Mais, cette fois encore, on ne l'écouta pas:

tout paraissait préférable au séjour de l'île Ouen.

Alors le vieux chef, voyant que les Dodgis étaient décidés à tout braver, leur conseilla, comme l'unique moyen de fléchir la colère du terrible Damé, de réunir la plus grande partie de ce qu'ils possédaient encore en coquillages rares, poil de roussette, colliers de jade et autres objets de valeur, et de les remettre à deux d'entre eux qui partiraient en pirogue les offrir au chef des Nouméas.

Deux jeunes gens, nommés Djéï et Yalap, se dévouèrent pour remplir cette mission périlleuse : ils partirent, suivis des vœux de tous leurs frères qui leur souhaitaient bonne chance.

Un vent favorable gonflait la voile de leur pirogues. Néanmoins, ils ne se dirigèrent pas tout de suite vers Naouaran : ils pêchèrent d'abord, afin de pouvoir ajouter du poisson et, si c'était possible, des tortues à leurs présents, car ils craignaient que ceux-ci ne fussent pas assez considérables. La mer, d'un bleu profond et à peine ridée par la brise, s'argentait d'une légère écume vers les récifs. Djéï et Yalap, bons marins, louvoyèrent pendant toute une journée en vue des côtes et eurent la chance de prendre une grosse tortue, qu'ils hissèrent non sans peine dans leur pirogue et retournèrent sur le dos. Ils capturèrent aussi dans leurs filets des poulpes et des congres. Joyeux d'une si excellente pêche et confiants dans le bon accueil que leur vaudraient leurs cadeaux, ils abordèrent dans la nuit tout près de Naoueran et cachèrent leur embarcation dans une crique entourée de broussailles. Au jour, se chargeant d'autant d'objets qu'ils pouvaient en porter, ils se mirent en marche vers la case de Damé.

Celui-ci ne put d'abord en croire ses yeux lorsqu'il reconnut deux guerriers dodgis.

Sans doute sa main serra-t-elle machinalement le manche de son casse-tête. Cependant, comme Damé avait un grand empire sur lui-même, il se contint et écouta les paroles des deux envoyés.

Ceux-ci avaient déposé leurs présents aux pieds du chef et, se tenant courbés devant lui, ils lui exposaient la triste situation de leurs frères, le suppliant de les laisser revenir dans le pays et lui promettant de le respecter désormais comme un maître.

Damé resta quelques instants pensif, puis il répondit gravement :

— Djéï et Yalap, portez ma réponse à vos compagnons. Vous avez voulu m'assassiner et anéantir ma tribu. Cependant, que vos frères reviennent : quelque mal qu'ils m'aient fait, ils toucheront le rivage sans être atta-

Ils capturèrent aussi des poulpes... (page 52).

qués et j'espère que, bientôt, les hostilités des Dodgis et des Nouméas n'existeront plus que dans le souvenir. Retournez à l'île Ouen, et dites à ceux qui y sont restés que j'accepte leurs présents et leur permets de revenir.

Les messagers ne se le firent pas dire deux fois : ils se retirèrent ravis, après avoir remercié Damé, et coururent vers leur pirogue dans laquelle ils se rembarquèrent aussitôt.

La traversée fut rapide et joyeuse : comme s'il eût voulu se déclarer pour eux, le vent soufflait maintenant du rivage et poussait vers le sud l'embarcation qui semblait voler sur les eaux tranquilles. Dans leur allégresse Djéï et Yalap ne cessaient de chanter la clémence de Damé et le bonheur des Dodgis qui allaient revoir leur patrie.

Dès que leur voile fut signalée à l'île Ouen, tous les exilés accoururent sur le rivage. Beaucoup avaient cru ne jamais voir revenir les deux hommes et leur retour leur paraissait de bon augure.

— Eh bien ! leur crièrent-ils, avant même qu'ils eussent débarqué. Qu'a répondu Damé ?

— Damé accepte, firent Djéï et Yalap tout fiers d'annoncer cette bonne nouvelle. Il vous permet de revenir dans votre pays.

Ces paroles furent saluées par un immense cri de joie. Alors, comme il arrive souvent,

le vieux Docou, qui avait sans cesse con-
seillé la prudence à ses frères, fut le premier
à les presser de tout préparer pour partir.

Sur-le-champ, on se mit à réparer les
pirogues délabrées ; toute la nuit on pécha,
afin de pouvoir encore offrir des présents à
Damé le jour de l'arrivée, et, dès le lendemain matin, les Dodgis, réduits au nombre
de quatre-vingt-deux seulement, se mirent
tous en mer dans six grandes embarcations.

Décidément la chance semblait leur sourire, car, à peine eurent-ils doublé, en se
servant de leurs longues perches comme de
rames, la pointe sud de la Nouvelle-Calédonie, un vent favorable les porta droit vers
Naouaran.

Qui pourrait dire leur joie lorsqu'ils revi-
rent les montagnes rougeâtres de leur pays,
la longue forêt de cocotiers qui longe la
mer ! Déjà, ils pouvaient distinguer les tor-
rents écumeux scintillant au soleil à la cime
des pics et les toits en paille des cases, s'é-
levant comme des ruches du sein des mas-
sifs verdoyants. Ces cases, où maintenant
habitait le vainqueur, étaient jadis les leurs !
Qui sait combien d'entre eux ne conçurent
pas, au fond de leurs cœurs, l'espérance
de reprendre un jour la lutte contre Damé et
d'exterminer ceux qui occupaient leur pays.
L'esprit de l'homme est ainsi fait et le Ca-

naque oublie facilement la leçon que lui ont donnée les événements.

L'avenir devait-il réaliser ces espérances? C'est ce que vous allez voir bientôt.

Ils débarquèrent et, aussitôt, se dirigèrent vers la case de Damé, laissant seulement Djéï et Yalap à la garde de leurs embarcations.

Comme ils marchaient, un jeune Touaourou, qui avait passé deux jours à Naouaran et s'en retournait à Yaté, les aperçut. Il reconnut sans peine Docou qu'il connaissait et, tout ému, s'approcha de lui en disant:

— Malheureux! Où allez-vous tous ainsi? Croyez-vous donc qu'il soit sage pour des Dodgis d'aller là où se trouve Damé? Fuyez! il en est temps encore.

— Ah! répondit Docou, que je meure ici de la main du terrible Damé ou que je succombe de douleur dans l'exil, mon sort sera-t-il différent? Au moins, si je dois périr, j'aurai la joie de revoir ma tribu et peut-être d'embrasser mes enfants. Savez-vous s'ils vivent toujours?

— Oui, répondit le Touaourou, ils vivent et se portent bien : un Nouméa les a recueillis et les élève comme ses enfants.

— Alors, fit le vieux chef joyeux, quoi qu'il arrive, je puis mourir tranquille.

Le jeune homme, voyant Docou inébran-

lable, s'éloigna avec un soupir et les autres
continuèrent leur chemin.

Bientôt, leur arrivée fut signalée et ils vi-
rent paraître un Nouméa qui leur demanda:

— Qui êtes-vous et que cherchez-vous?

Ils répondirent : — Nous sommes les
Dodgis; nous venons faire la paix avec le
grand chef Damé.

Alors, le guerrier, qui avait déjà reçu des
instructions, les fit entrer dans une vaste
cour palissadée s'étendant derrière la demeure du redoutable chef. En attendant que
celui-ci arrivât, tous s'étendirent à terre ou
s'accroupirent sur les nattes qui tapissaient
le sol. Ils avaient laissé leurs armes dans
les pirogues, afin de bien montrer qu'ils
venaient en amis, et n'avaient apporté que
des poissons et des coquillages pour les
offrir à leur vainqueur.

Damé arriva enfin, suivi d'une foule de
guerriers touaourous et nouméas. Ceux-ci
adressèrent aux arrivants des paroles cor-
diales, tandis que le chef, à l'approche du-
quel tous s'étaient levés, s'assit sur une
natte au milieu des Dodgis et, leur faisant signe de s'asseoir également, leur parla ainsi:

— Guerriers dodgis, je vous revois avec
plaisir, quoique nous nous soyons com-
battus; mais le cœur de l'homme est porté
à oublier. Demain, vous ne penserez déjà

plus à nos vieilles querelles. Reposez-vous: les femmes vont arriver avec des provisions et, ce soir, un grand festin aura lieu.

Les Dodgis accueillent cette allocution par un grand cri de joie. Déjà ils causent familièrement avec les Nouméas dont le nombre augmente à chaque instant. Bientôt les femmes paraissent, portant sur la tête des régimes de bananes et des paniers d'ignames. Des guerriers rassemblent des branches sèches, les jettent sur des pierres plates et larges: bientôt, sur ce foyer improvisé, la flamme pétille et s'élève.

Soudain, Damé fronce les sourcils. A ce signe, quatre-vingts casse-tête s'abattent sur les têtes des Dodgis et quatre-vingts cadavres roulent à terre. Le vieux Docou périt comme les autres. Seuls, Yalap et Djéï, ne voyant pas revenir leurs frères, comprirent ce qui leur était arrivé et s'enfuirent en pirogue dans une île d'où ils ne revinrent jamais.

Telle fut la punition que Damé tira de la trahison des Dodgis. Le festin qui leur avait été annoncé eut lieu, mais ils en firent tous les frais.

— Et les Tyas? demanda Isidore.

— Les Tyas, reprit le conteur, s'étaient, comme je vous l'ai dit, réfugiés à l'île des Pins. Eux aussi, ils désirèrent rentrer dans leur pays ; peut-être aussi Damé, pour leur tendre un piège, avait-il engagé le chef de l'île à leur conseiller le retour.

Cependant les Tyas avaient eu connaissance du triste sort des Dodgis. Aussi n'était-ce pas en suppliants qu'ils comptaient se présenter, mais en hommes résolus à se faire respecter.

Il avait dû s'écouler non plus des lunes mais des années depuis l'arrivée des fugitifs à l'île des Pins, et, si la France n'avait pas encore pris possession de la Nouvelle-Calédonie, du moins de nombreux Européens venaient sur des navires marchands commercer dans ces parages. Les Tyas, qui avaient vécu moins misérablement que les Dodgis, étaient arrivés à se procurer en échange de leurs produits un certain nombre de fusils et des munitions avec l'aide desquels ils comptaient bien rentrer de force dans leur tribu.

Ils partirent donc, au nombre d'environ une cinquantaine, et débarquèrent à Yaté.

On s'attendait à leur arrivée et les pirogues avaient été signalées. Aussi, à peine eurent-ils mis pied à terre, les Tyas se trouvèrent attaqués par une multitude de Nouméas et de Touaourous.

— Cela dut être terrible, fit Paul. Les pauvres Nouméas auront été bien surpris et bien effrayés en entendant les coups de fusil.

— Ce fut terrible, en effet, répondit le père Martinot ; mais la surprise ne fut pas pour qui tu crois. Car de tous les fusils vendus par les Européens, aucun ne partit : les armes et les munitions étaient complètement détério- rées et les Tyas, qui avaient laissé là leurs sagaies et leurs casse-tête, furent massacrés sans même pouvoir se défendre.

CHAPITRE V

COMME QUOI LE PÈRE MARTINOT N'AVAIT JAMAIS ÉTÉ CAPITAINE

Cette dernière histoire, malgré son caractère tragique, ne fut pas la moins goûtée.

Cependant quelques auditeurs paraissaient préoccupés et Paul traduisit leur pensée en demandant :

— Capitaine Martinot, pourquoi ne nous racontez-vous pas l'histoire de vos voyages ? Elle doit être si belle !

Le bon vieillard eut comme un mouvement de contrariété ; puis, après un instant d'hésitation, il répondit :

— Mes enfants, c'est que — pourquoi ne vous le dirais-je pas ? — je n'ai jamais été capitaine... ni même marin.

— Pas possible ! s'écrièrent les jeunes

auditeurs, surpris et, il faut l'avouer, consternés.

— C'est comme je vous le dis. Tous mes états de service se sont bornés à être, pendant quinze ans, maître nageur aux bains Henri IV, situation honorable mais très sédentaire.

— Mais alors, fit Jacques désespéré, les histoires que vous nous avez racontées, monsieur Martinot, sont donc imaginaires ?

— Halte-là ! mes enfants. Je n'ai pas pour principe de tromper mon monde. Ces histoires sont bien celles que les Canaques de la Nouvelle-Calédonie se racontent à la veillée. Je ne vous ai jamais dit que je les avais apprises sur place, ce qui eût été un gros mensonge : j'en dois la connaissance à ma bibliothèque, une bonne amie qui m'a aidé à faire en esprit bien des voyages. Ces voyages, j'aurais voulu les accomplir en réalité ; mais, que voulez-vous, la vie apporte rarement la réalisation des souhaits que l'on a formés !

Ainsi dit l'honnête père Martinot. Le lecteur comprendra pourquoi, étant scrupuleux, nous aussi, nous ne lui avons jamais, pour notre compte, donné le titre de capitaine.

Châteauroux. — Typ. et Stéréot. A. Majesté et L. Bouchardeau.

www.ingramcontent.com/pod-product-compliance
Lightning Source LLC
Chambersburg PA
CBHW060816180626
46818CB00002B/839